Jovens escribas

EM FIM, NÓS

BEATRIZ MADRUGA

Revisão
Carlos Fialho
Beatriz Madruga

Projeto gráfico
Danilo Medeiros

Foto da autora
Sarah Wollermann

Ilustração da capa
Shiko

Márcio Rodrigues Farias - Bibliotecário - CRB15/RN 0334

M178e Madruga, Beatriz.

Em fim , Nós / Beatriz Madruga. - Natal(RN) : Jovens Escribas, 2016.

96 p.

ISBN 978-85-55640-22-3

1.Conto brasileiro. 2. Literatura Brasileira. I. Título

CDD B869.3

2016/02 CDU 869.081-3

EM FIM, NÓS

BEATRIZ MADRUGA

Jovens escribas

Aquele texto escrito por uma pessoa que, por incrível que pareça, eu já tinha sido.

Daniel Galera, "Cordilheira".

– Não duvido disso, Anita. A questão é que ninguém fica dois ou três anos escrevendo alguma coisa sem um propósito muito secreto e particular. Mesmo os livros ruins nascem de uma necessidade muito íntima.

Daniel Galera, "Cordilheira".

TIVE UM AMOR QUE ME MATOU

Tive um amor que me matou. E essa frase nem é minha. Eu vi no livro de uma autora que descobri esses dias, e que me descobri nela, também. Ela falando tudo que eu sentia, e escrevendo tudo que eu já tinha pensado e nunca falado sobre. Ainda me assusto com isso, vez em quando: as palavras dos escritores sabendo mais de nós do que nós mesmos.

Ela teve um amor assim, um amor que a matou. E o livro não me deixou saber se quem morreu foi ela ou a personagem, ou se a personagem é ela própria, e se o que eu estava lendo era uma biografia feita aos sufocos, com verdades e mentiras se revezando na suposta ficção.

Tive um amor que me matou. E depois dele não existi mais. Depois dele não fiz nada que significasse estar viva, depois dele deixei que tudo passasse e acontecesse enquanto eu estivesse completamente alheia. Depois que ele me matou.

Tive um amor que me matou. E quando penso sobre o que é estar viva, sobre o que pode ser estar viva, ou sobre o que se sente enquanto se sente vivo: é naqueles dias que penso. Nos últimos dias em que estive viva e alerta para o mundo, vivendo merecidamente.

Tive um amor que me matou. E eu só posso ter merecido essa morte abrupta, sem aviso prévio, sem expectativa de desastre. Não há expectativa de recuperação. Por isso é morte. Não tem volta, por mais que eu ainda esteja aqui, escrevendo, pensando, e sonhando em tempo vasto. Tenho e vivo sonhos com o amor que me matou, sonhos de antes do acordar. Essa mentira que é sonhar, quando a realidade é pesadelo.

Tive um amor que me matou. E depois dele nunca mais fui alguém. Depois dele, passei a viver com um medo de ir bem desse jeito: morta parecendo viva. Mas nenhum outro estado faria mais sentido, aliás. Eu sendo zumbi, existindo sob a pele e os ossos, mas sem aura e sem nenhuma cor. Sem felicidade real, sem busca por coisa nenhuma, sem planos. Com medo e pesadelos.

Tive um amor que me matou. E eu, morta-viva, sem querer faço dele meu fantasma, e vejo-o o tempo inteiro. Antes, quando viva, as melhores partes do dia eram sair de casa para vê-lo, sair de casa e olhá-lo em demora, e então estarmos juntos. No agora, só existe o medo de sair por aí e, justamente, vê-lo. E ouvir de novo em sua voz: que tudo ficou melhor depois que ele me matou. Que tudo está melhor agora. Tenho medo de sair e, além de vê-lo, ver tudo isso também: que ele ficou melhor comigo morta.

Tive um amor que me matou. E me esqueceu. E depois dele nunca mais estive viva, porque ele nunca mais lembrou que eu existia.

Não vivi nunca mais.

– Você quer me dizer que desistiu.

– Não. Quero dizer que eu quero passar por tudo novamente. Com quem quer que seja: é a única forma que vale a pena.

– Matando?

– Morrendo. Morrendo de amor. E todas as vezes. Morrendo de amor é que se vive.

***

Nota: A frase "Tive um amor que me matou" é da autora Tatiana Salem Levy, no livro *A Chave de Casa.*

ESTRANHAMENTE CONFORTÁVEL

Tomava cerveja em goles fartos, olhando com certa altivez e falando comigo sem me olhar tanto nos olhos. Conversávamos sobre o lançamento do livro daquela noite, o autor que conhecíamos da faculdade, e cada uma de nós tinha uma história daquela semana sobre a faculdade. Uma história sem importância de cada lado.

Ela sorria e bebia mais cerveja. Tantos olhavam para ela. Que falava com tantas pessoas diferentes nesse dia, e estava com meninas e menino que eu nunca tinha visto ali. Mas todos confortáveis em estar naquele lugar, em estarem uns com os outros. Ela estranhamente confortável.

Emanava sorriso triste e liberdade. Parecia ter os braços abertos para algo enquanto parecia não se importar com nada. Estranhamente confortável.

Havia trocado os sapatos de salto médio e bico fino por um tênis esporte, uma camiseta, um cabelo bem solto e mais claro. Mas tinha os olhos apertados como eu nunca tinha visto antes, não nela, e pensei se havia chorado uma hora antes ou o dia inteiro.

Eu ouvia sua voz mais alta, e ela mal ouvia sua própria voz. Os sorrisos tristes e os goles fartos na cerveja, o garçom aparecendo a cada sorriso como aquele. Parecia combinado. Mas gargalhava e recebia olhares nos olhos, peitos e coxas. Mal se via tanto disso. E chamava a atenção, sendo ela, meio que outra, uma espécie de novidade para o salão.

Demorei a ver que agora lhe faltava a aliança na mão direita. Menos serenidade na sua gargalhada, hoje eufórica e rouca. Salão de olhos nela.

Recebeu mais olhos de outros e teve mais gargalhadas roucas, mostrando-se num conforto estranho em estar viva. Bebeu mais goles cheios e copos inteiros, não voltou cedo para casa.

CHASCONA

A gente tinha escolhido a quarta-feira pra ir à casa do Neruda. Tínhamos mais dois dias em Santiago e eu tinha uma sensação absoluta de que não tínhamos feito tanta coisa. Poderíamos ter feito mais daquela viagem. Pedro voltava a trabalhar na segunda, e eu tinha férias até o início das aulas da faculdade; ele queria andar de menos e beber demais, e eu queria andar a pé pela cidade inteira.

Ele perguntava o que tanto eu queria ver na casa de Pablo Neruda.

– Você quis vir pra Santiago por causa dessa visita.

– Sim, pois é – eu disse à ele.

– Você já leu quantos livros de Pablo Neruda?

– Nenhum.

– E então.

– E então eu vou comprar todos quando chegar na *La Chascona.*

– Podia ter feito isso antes de comprar sua passagem pra Santiago dizendo que queria vir pra Santiago pra conhecer a casa do homem.

Pedro me achava uma intelectual metida a besta, quando na verdade eu sou mais uma pessoa meio besta mesmo, sem dimensão nenhuma do que significa ser intelectual. Isso não fazia muita diferença entre a gente, porque acho mesmo que eu não o enchia tanto com isso (com ser besta metida a intelectual ou o contrário), mas ele vinha arranjando oportunidades de me lembrar disso. Como se ele mesmo se lembrasse de que isso o irritava, às vezes – e se perguntasse por que continuávamos juntos, apesar.

Santiago estava bem quente nessa quarta-feira, era janeiro, e um sol forte castigou a gente, que fez um caminho a pé até a casa de Neruda, no bairro da Bela Vista. Depois de uma longa calçada de casas residenciais, algumas de primeiro andar, todas bonitas, quase todas bonitas, chega-se finalmente ao fim da rua, numa casa encostada ao morro, cuja entrada fica mais acima, na ladeira de paralelepípedos, e não na parte de baixo, como a gente tentou.

O lugar tem um misticismo ininteligível: um terreno com várias casas que são uma casa só. Como se os cômodos se espalhassem, cada um à sua maneira, não sendo eles tão grandes, nem o terreno muito grande também. A casa não está toda reunida, mas espalhada em construções para diferentes fins: mais abaixo, a sala de jantar e cozinha; à esquerda, quarto e banheiro; à direita, bar e biblioteca. Bar e biblioteca juntos fazem todo o sentido de estarem ali, é verdade. Parecia tudo inóspito, incompreensível, mas com algo acolhedor: era bom estar ali, mas também não se dava vontade de ficar tanto tempo. Não se dava vontade de morar e ficar. Nem de ser hóspede. Era um lar em fragmentos, separados por motivos propositais e talvez poéticos. Um ambiente completamente ficcional. E a morte de seu dono deve ter imprimido um vazio que dura até hoje.

— Tu não gostou, então. Sua passagem pra Santiago não valeu a pena?

— Gostei, Pedro. Mas não me senti bem lá dentro.

— Eu gostei. Parece que eu já conhecia aquele lugar.

— Quem, você?

— Sim.

Andamos por mais um quarteirão em silêncio.

— E tudo que tu falou aí parece você falando de você mesma.

— Tudo o que eu falei?

— A casa inóspita, foi inóspita a palavra que você usou?, e fragmentada. Um terreno com várias casas sendo uma só; cômodos separados uns dos outros, que se espalham sem um propósito, ou com um propósito. Existe uma coisa frouxa que liga todos eles - porque é uma mesma casa, mas nem sempre dá pra identificar muito bem o que é que é.

— Não dá pra identificar o quê?, o que liga tudo?

— Não dá pra identificar o que liga tudo, o que liga os cômodos espalhados. Não dá pra identificar o que é a casa, nem por que ela é assim.

— ...

– E um dono que se foi e deixou tudo vazio.

– ...

– Um lugar inóspito mesmo tendo gente viva dentro dele. Que na verdade não tem nada de mágico ou fantástico naquele terreno. É só um vazio muito simples, que a casa esconde fingindo que é mistério. Fingindo que é motivo literário. Fingindo que é ficção. O que dá uma dupla ficção, uma dupla mentira: fingir que é ficção.

– Um lugar que finge que é ficção.

– Uma existência que finge que é ficção. Um lugar todo exposto, mas fechado em si mesmo, nem que seja no fim do dia.

– E nas segundas-feiras.

– E nas segundas-feiras.

A gente tinha andado por mais alguns quarteirões, de novo debaixo do sol forte, agora de duas horas da tarde, e respirava o ar seco do verão já sem sentir os incômodos disso. Íamos sem pressa e sem mãos dadas, minha sacola com quatro livros de Pablo Neruda e cinco marcadores de livros para dar de presente. Observei de novo as casas bonitas do bairro, uma a uma, elegantes e em cores claras; me imaginei morando ali, e o que eu estaria fazendo se morasse ali um dia, com quem eu estaria se morasse ali um dia, num futuro projetado sem sentido nenhum. Pedro definitivamente não estaria morando comigo, a poucos metros da casa que eu tanto queria ver e que tanto me assombrou. Estávamos mantendo silêncio há alguns minutos depois que ele falou tudo o que pensava de mim usando a casa de Neruda como pretexto. Tudo o que ele queria me dizer há algum tempo, ou tudo que ele tem vontade de me dizer todos os dias. Havia total apatia no seu rosto, e ele aparentemente já tinha começado a desprezar aquele dia, aquela viagem, e o nosso relacionamento, principalmente depois de conseguir conectar tudo o que pensava de mim a algo concreto e perceptível.

Parei de repente.

– Eu quero almoçar nesse restaurante, Pedro.

– Qual?

– Esse que o garçom acabou de abrir: 'Como Água para Chocolate'. Bem aqui mesmo. Vamos ficar.

E fui entrando.

FAZER ESQUECER

Antes de ir embora procurei por tudo meu que podia estar pelos cômodos. Fiz questão de não esquecer os grampos, o par de brincos, o pacote de absorventes, e o livro que deixei pra ele ler. Que não leu. Procurei pelo carregador do celular e vi se no varal tinha alguma roupa minha. O biquíni. Tínhamos passado uma sexta, um sábado e um domingo na praia na outra semana. Eu lavei o biquíni e deixei no varal, secando, até hoje.

Pesquisei nos papéis anotações minhas, não queria deixar minha letra estampada por lá; a letra da gente traz mais memórias e vozes do que nossas fotos, do que nossos objetos. Ainda mais eu, que vivo de escrever. Tinham recados meus falando em amor e em saudade, muitos de saudade. A gente vivendo longe e estando junto e fingindo que isso não importa tanto assim e que vai dar certo no final. No final, eu rasgando os papéis das gavetas da cômoda e aqueles jogados ao lado do computador – que achei melhor retirar a foto do desktop. O porta-lápis talvez eu devesse trocar; mas foi presente, e isso é preciso que ele decida depois. A caneta que eu deixei aqui outra vez e o pen drive onde trocávamos os filmes, é meu, está aqui, melhor levá-lo.

Na cozinha, a lista de compras e as notas fiscais de supermercado. Eu que sempre vou ao supermercado; são minhas, me lembra, eu rasgo. Lavo minha louça de ontem (e a dele também), e vejo se ainda não tem do biscoito que eu gosto, pois se tiver, é melhor que eu leve, coma pelo caminho, pensando em mim e no meu caminho mesmo, e nas minhas partes que rasguei e joguei no lixo antes de sair. E saí.

Minhas coisas esquecidas couberam em uma mochila só. Estiveram sempre por lá sabendo que eu voltaria e que estava por perto. Estavam sempre lá denunciando que eu andava por aí, que eu viria, que eu voltaria logo, e que de certa forma eu fazia parte daquele espaço de duas pessoas. Também denunciavam que eu esquecia tudo, que eu me distraía, que não lembrava do que era importante e por isso mesmo sempre tinha de voltar. No meu caminho, eu sempre tinha de voltar.

Recolhi tudo meu para que ele não tivesse as pistas para a minha lembrança; trouxe tudo que eu sempre esquecia por lá pra que ele pudesse esquecer melhor de mim assim, mais rápido. Terminei nosso namoro com minha mochila vermelha nas costas, pronta pra ir. Saí sem bater a porta e deixando a casa limpa de mim.

Enquanto esperava o ônibus e segurava as alças da mochila com as duas mãos, segurando-a sem precisar de fazer isso, olhei para o chão e para os meus pés dentro do *all star* que ele me deu. Lembrei dele e de nós e do dia que ganhei o tênis de presente. Lembrei que tinha acabado de esquecer minhas sandálias no banheiro dele.

ORDINÁRIO

Eu tava sentada por cima dele, no banco do motorista, e a gente se olhava um pouco nos olhos sem dizer muita coisa. Ele tinha estacionado o carro no fim de uma ladeira, já perto da beira da praia, numa noite sem lua e sem pessoas por perto. Só outros carros, que provavelmente tinham outros casais como nós, desses que por acasos e descasos estavam juntos aquela noite, e talvez nunca mais depois dali.

Eu não achava que não nos veríamos nunca mais depois dali. Mas esse era o clima de todas as vezes. Ou o propósito dos encontros, algo não combinado e não dito, implícito e nosso.

Era a quinta vez que saíamos e de novo estávamos bêbados, cansados, com trabalho pra fazer no dia seguinte (independente de que dia da semana fosse o dia seguinte). A gente ia ao cinema e bebia cerveja na sequência, andávamos de carro pela cidade, fumávamos dividindo o cigarro, e depois outros, falávamos mal das faculdades e das nossas escolhas profissionais infelizes e dos planos de ir embora.

Os dois loucos para ir embora. Transávamos rápido dentro do carro e depois terminávamos mais uma ou duas cervejas antes do fim da noite, quando já era dia.

Não pairavam muitas perspectivas sobre a gente. Sobre cada um dos dois, sobre os dois, sobre a possibilidade de sermos um casal ou de nunca sê-lo. Mas eu achava que podíamos estar perto disso, ou que já éramos quase isso. Nossas insatisfações eram idênticas, nossos amigos também; tínhamos planos futuros parecidos e um incômodo genérico consigo mesmo, que não admitíamos a ninguém, menos ainda pra cada um de nós.

Ele me olhava nos olhos e não falava nada. Suspirava e passava a mão nos meus cabelos da franja, empurrava-os pra trás, e me deixava ainda mais tonta com esse movimento repetitivo e lento. Olhava bem nos meus olhos e parecia não olhar para lugar nenhum. Bem ele.

Me perguntou se eu gostei do filme e eu disse que foi melhor do que eu esperava, até. Normalmente não vou no cinema pra assistir comédia, eu disse, mas foi bom. O filme era engraçado, realmente, e eu gostava da risada dele bem do meu lado. Conseguia lembrar a risada dele sempre que queria: sonora, bonita. Parecia que o filme tinha valido a pena mais ou também por causa disso. Mas não falei isso pra ele.

Ele começa a fechar o zíper e a camisa antes que eu faça isso por ele, como nas outras vezes, e antes que eu suba a parte de cima do meu vestido e amarre de volta o cabelo. E o som da gargalhada de antes agora me fala sem pressa:

– Eu acho melhor a gente terminar.

Eu terminava de colocar de volta as alças do vestido e não achava que ele iria falar nada muito sério, não ali, não enquanto a gente ainda abotoava a roupa dentro do carro abafado.

– Terminar?

– É, apesar de a gente não ter exatamente nada, nada sério, nada nosso... Eu. Eu acho que é melhor a gente terminar.

– Mas o que foi que houve?

Nesse momento me dei conta que estava muito bêbada pra quem tinha tomado duas cervejas.

– Não houve nada, Isa.

– Não houve nada?

– Isa. Nós somos de universos completamente diferentes.

– Quê?

– Nós somos de mundos completamente diferentes, isso aqui não vai dar certo.

–Mundos diferentes?

– É, Isa.

Terminei de prender o cabelo e voltei pro meu lugar de antes. Ele deu partida no carro e não me perguntou mais nada. Dirigiu em silêncio pela cidade em silêncio. Nesse dia a gente estava mais cansado que o normal.

AGÁS

Era 2001, quando Hugo e Heloísa e se conheceram. Em comum, tinham pouco, quase nada. Heloísa tinha 14 anos e gastava finais de semana em festas de 15 anos, quase sempre. Gastava um pouco dos ouvidos ouvindo metal, se decidindo sobre bandas preferidas, bandas preteridas, ostentando um *piercing* na sobrancelha que lhe dava um status de maioridade que não existia. Conseguia usar mais preto que a maior parte de suas amigas, ouvir mais música que a maior parte de suas amigas, e destacar-se mais do que tantas delas em outros aspectos. Insistia na adultez de vez em quando, e, sem que procurasse por isso, conhecia mais gente adulta do que deveria – segun-do dizia-se sobre meninas de sua idade.

Foi nessa época que conheceu Hugo, numa rede social dessas que não existem mais, que todos sentem falta atualmente, mas, para onde ninguém volta nem recupera. Uma rede social para bate-papo. Do tempo que ainda se falava em "bate-papo" na internet.

Hugo já tinha completado 20 anos e três cursos incompletos de graduação. Não sabia bem o que queria da vida, não pensava sobre isso, e a única atividade que tinha regularmente era jogar bola com os amigos toda quarta-feira.

Em comum, guardavam o som mudo da letra inicial de seus nomes. Uma primeira letra sonoramente dispensável. Um som que, exatamente, não fazia nem parte do todo. E que faria parte deles dois: dispensar o que poderia ser ouvido.

Hugo era recém-saído de um namoro longo, de primeira namorada, com quem poderia ter depois casado, tinha tudo para dar certo, etcétera. Heloísa achava que as bebidas das festas de 15 anos e o show de uma banda de metal desconhecida, num mesmo fim de semana, eram grandes coisas. E eram mesmo. Ela alternava suas horas de estudo com horas ouvindo Tristania, e sua vida não fugia disso. Pensava sobre o futuro o tempo inteiro, sem saber exatamente o que fazer com ele. E recebera um Hugo de presente enquanto esse tudo que pensava não acontecia.

Ele que parecia arrancado de um rascunho; era imberbe de desejos e hábitos e sonhos. Tinha três grandes amigos, o futuro não era um problema, e ouvia bandas que Heloísa não ouviria em nenhuma circunstância. Por colecionar um namoro no currículo, havia aprendido, em pesquisa ene de um, a ser mais daquilo que as mulheres mais gostam. As conversas com Heloísa eram sempre longas e sobre ela, quase todas. Ele conseguia ser engraçado quase o tempo inteiro, e ela recebia um máximo de atenção cotidiana. Trocaram fotos. Tinham amigos em comum. O destino só fazia passar os dias.

Só se viram pessoalmente três meses depois. Em um fim de semana de Virada Cultural da cidade (era como se chamava o evento com seis bandas semi-conhecidas tocando num galpão do bairro velho da cidade, alternadas com outras apresentações de circo e teatro nas ruas do bairro antigo). Não era nada demais. Mas algo bem importante para uma cidade onde não acontecia quase nada.

Ela fingia observar as pessoas enquanto ele a procurava. Já era mais da metade da noite, não haveria tanto tempo; se ele quisesse beijá-la ainda naquele dia não poderia se demorar tanto. Ficando cada vez mais tarde, ela encararia a investida como ofensa. Heloísa ia na segunda cerveja, tendo jogado fora a primeira na metade. Detestava o gosto, mas isso disfarçava os quatorze, ocupava os movimentos do próprio corpo, algo que a gente sempre procura fazer quando fica ansioso. E também quando esperamos, disfarçando não esperar nada.

Heloísa já não esperava mais nada. Era pouco mais de uma da manhã, e logo teria de ligar para seu pai ir buscá-la, ela e as três amigas, com ela tendo de disfarçar mais que seu nervosismo de agora, a sua frustração de mais tarde. Mais quinze minutos, telefonou para o pai no combinado.

E depois de jogar fora a segunda lata de cerveja pela metade, e de procurar o chiclete pra comprar, viu-o de relance entre uma ação e outra. Como qualquer encontro recém-saído do computador, achou-o diferente: mais alto, mais magro, e mais tímido do que o julgara ser. Ele tinha os cabelos bem escuros e os dentes em aparelhos, ainda. As bochechas arredondadas, escondidas sob a barba nesse dia; tinha os olhos apertados, a sobrancelha que parecia uma só. Encontraram os olhares e sorriram com dúvida.

– Helô?

– Hugo?

Não tinham muito tempo que não fosse para se olharem e para guardarem todos os movimentos das cenas desse filme. Se beijaram quase logo, não tão rápido, visto as horas de antes que tinham passado se confessando um ao outro pelos teclados e telas. Ela confessando-se mais do que ele, sempre, ela mais do que ele.

Já tinham os telefones e se veriam nas próximas semanas. Uma amiga dela, Amanda, faria aniversário nos primeiros dias do novo ano, 2002. Hugo iria por lá, uma festa na real convertida em um encontro na praça do bairro, de frente para a casa de Amanda. Cada um com sua cerveja, com mais cervejas, e alguns com garrafas de vodka. Heloísa esperava Hugo chegar ali.

Que chegou cedo, que chegou logo, quando sorriram juntos em meio àquela aura que não era bem ele, que era bem ela, e com a qual ela não se importava agora. Hugo abraçou Heloísa beijando-a entre os olhos, na boca, sentindo seu cheiro de novo, e descrevendo em tato os traços dela, pela primeira vez, assim. Ela se sentia encolhida e perdida, com olhos que ele via brilhar.

Em mais horas juntos decidiram dar uma volta na praia. Helô, Hugo, Amanda e o namorado, era lua cheia, era aniversário, quem quisesse iria também. Metade ficou na praça, muitas cervejas pela frente. A outra metade eram eles quatro e outros que nem todo mundo conhecia, que sumiram logo na praia.

Andaram mais tempo pelo calçadão e ostentaram a novidade dos sorrisos por aquela noite. Caminhavam abraçados, lado a lado, de um jeito que Heloísa até repudiava de se ver, se se pode andar de mãos dadas, não se ande abraçado; abrace e depois ande. Andavam abraçados, sem soltar braços e cinturas, num medo iminente de afrouxar os ossos um do outro, e deixar escapar algo.

Heloísa passou da alegria de antes pra um vazio iminente. Para um desespero em agonia, para um buraco que se abria entre eles, e para uma sensação esquisita sobre o que poderia ser deles dois dali para frente. O que ela queria que fosse feito deles dois dali pra frente, mas, principalmente, o que Hugo queria deles dois dali pra frente. Ele que sorria mais que ela, que remexia seus cabelos, orelhas, beijava as têmporas dessa menina que ele exibia, orgulhoso, para quase ninguém. Heloísa pediu que voltassem para casa, interrompendo todas as pretensões de Hugo de uma noite mais longa, mais cheia de beijos e deles dois.

Em frente ao edifício, beijaram-se com mesma paixão e Heloísa com pressa. Sentiu-se encarcerada naqueles beijos para um sempre, para um longo tempo, fadada a uma vida que não fosse a dela, e inconscientemente temendo um destino que fosse regra e exceção para um casal onde a menina tem 14, o menino tem 20, e cujas similaridades giram quase todas em torno da primeira letra do nome de ambos. Vazia. Muda. Previsível.

E saiu assim mesmo. Vazia, muda. Sem explicação depois do beijo, do afago, das mãos que, depois ela descobriria, ele sabia pôr melhor do que ninguém ao redor da sua cintura, apertando suas curvas para ele, fazendo-a imaginar os movimentos continuados daquele beijo cheio de braços, infinito, infinitos braços.

Não se falaram pelos próximos dias, e Heloísa não sentiu saudade alguma. Com medo de pôr-se novamente em cima do abismo e do desígnio da paixão que vinha por cima dela, não sentia saudades de Hugo. Não havia definido apaixonar-se, não ali, não agora, não por ele, que fazia faculdade enquanto ela estudava para a prova de Geografia, e ainda crescia.

Semanas depois se viram em outra festa da cidade, com mil ou mais de mil pessoas. Helô querendo-o mais que tudo. Sentindo saudade e lembrando sua cintura nas mãos dele, dos beijos dele que chegavam antes, e ficavam. O abraço que ficara. Ela foi embora cedo, e Hugo começou a namorar no dia seguinte.

Um namoro todo culpa sua, de quando ficou muda e vazia, medrosa, e deixou ele passar. Fez que não era com ela, que os dias iriam passar, que ele também passaria. Haveria mais de se viver, adolescendo, enquanto ele vestiria as calças da vida adulta e deixava-a para trás, de onde, aliás, ela poderia não ter saído. Escreveu para ele em desaforos, em desesperos. Estava enfurecida com a paixão que ela tinha guardado e escondido (de si mesma), e que agora o destino arrebentava na sua cara. Hugo leu as palavras de Heloísa como se a abraçasse, desculpou a adolescência desesperada dela. Enquanto sentia tudo igual. Nunca respondeu.

Quase seis meses depois, o interfone toca. Véspera de prova e uma visita pra interromper. Como toda adolescente, as únicas coisas que preocupavam Heloísa eram semana de provas e o roteiro do fim de semana. Era Hugo, o porteiro avisa somente isso. Ela desce. Não pensa sobre nada, sobre o por que de ele estar ali, se veio se desculpar e pedir a volta, se vai pedi-la em namoro agora mesmo, na calçada do apartamento, se quer saber se ela ainda gosta dele, se nada de tudo isso. Ela desce. Ela não pensa em nada. Troca o pijama pelo short jeans e simplesmente vai.

Ele sorri um pouco tímido e com suspeita saudade, o olho dela brilha escondido. Ele também não sabe exatamente por que está ali. Ela não sabe exatamente o que esperar dele ali. Se abraçam como um casal que não se vê há várias semanas, meses, quando um dos dois acaba de voltar de uma viagem longa. Se abraçam também como um casal endurecido de mágoa, loucos pela presença um do outro, quando essa vontade não tem necessariamente a ver com desejo ou paixão acesa. Poderiam estar os corações dos dois bem mornos, até. Naquele momento nenhum pensamento sobre circunstâncias importava. Importavam estarem ali.

Conversaram por mais de quarenta minutos sobre qualquer coisa que hoje já nem lembram. Não sabiam bem do que falavam, mas falavam, se olhavam, sorriam de novo como se fosse uma situação natural eles ali de novo. Não buscavam assunto nem desculpa: ele quis vê-la; ela quis ainda mais que ele fosse vê-la. Abraçaram-se do mesmo jeito do início. Ele pôs as mãos na cintura de Heloísa e apertou do jeito que ela gostava. Sentiu o cheiro de perto da orelha, no pescoço. Se despediram.

Nos próximos quatro meses, Hugo fez mais duas visitas inesperadas à calçada de Heloísa. Ela não ficava ansiosa que ele fosse. Ela não ficava ansiosa quando ele vinha. Não esperava o próximo dia, e, em verdade, não pensava sobre esse próximo. Hugo desejava-a em grande segredo. Se arrependia do namoro começado e ainda existindo, forte, a dois bairros dali, inclusive, ao mesmo tempo em que estava satisfeito com sua escolha. Era feliz com a namorada, era feliz sonhando com Heloísa à noite, sem que pedisse isso. Vendo-a de tempos em tempos, para não esquecer o sorriso, as olheiras, a adolescência dela, a cintura.

Passaram-se mais seis meses sem que Hugo viesse mais. E mais um semestre desses até que Heloísa se apaixonasse de novo. Dessa vez, conforme manda o figurino, por alguém mais igual, mas nem tanto, com quase a mesma idade, e mais decidido sobre quem amar. Ela.

Heloísa já tinha 16 anos e estudava mais que aos 14, saía menos que aos 14, bebia cervejas por vontade, escondia cigarro dos pais, e tinha ficado mais ridicularmente parecida com as meninas da sua idade. Usava menos preto. Não tinha mais o piercing na sobrancelha, ia menos ao bairro antigo ver bandas desconhecidas de metal. Andava acompanhada de gente da sua idade. Era opaca, Heloísa. Havia ela mesma se encarcerado, pelo destino, pelos outros, pelos pais, pelas roupas que vinha usando, a música que não ouvia mais. Pelo que ela era agora. Ela que tinha fugido do abismo dois anos antes, com medo de dali se entregar à queda de quando se apaixona. Estava ainda mais presa, e sem saber: vazia, muda, mais que antes.

Hugo estava sozinho novamente. Tinha terminado o namoro que começara sem muito propósito, e também terminou sem motivos. Sobrando motivos de ver Heloísa, nunca voltou até ela.

Acovardados pelo desencontro, empregaram mais alguns anos sem se verem, sem se falarem, sabendo como provavelmente estariam as coisas do outro lado da cidade, do outro lado dos seus eus. Eles agora sabiam. Eles que sempre acharam que não tinham nada de igual um no outro, sentiam saudades como se faltassem partes de cada um. Faltavam-lhe os braços e os abraços um do outro, os sorrisos simples, e o simples que poderia ter sido eles dois.

Um ano mais, Heloísa não namorava mais o primeiro namorado, mas Hugo começara outro namoro. Tinha terminado uma das faculdades, finalmente, tinha feito mais amigos e desfeito mais bobagens do seu passado, tinha feito mais de si do que pudera. Era maior e mais seguro, parece. Ainda tinha a barba escura por cima das bochechas bem redondas, mostrando alguma incoerência nesse desenho, o desenho que Heloísa adorava.

Heloísa já estava na faculdade e tinha menos cercas ao seu redor. E mais monstros próprios, difíceis de entender. Vivia entre relacionamentos difíceis e humilhantes, odiava o que havia passado com três ou quatro caras com os quais jurou que poderia viver para sempre. Era insistentemente paquerada aonde ia e desistia de quase todas as investidas na segunda noite. De algum modo, estava bem assim – por enquanto.

Por ironia do destino, por falta de motivo aparente e pela força de todos os clichês, Hugo e Heloísa tinham se esbarrado de novo em outra rede social. Uma nova. Por mais força do destino e dos clichês, se falavam como amigos. Heloísa achava-se adulta demais e vivida demais, bem resolvida com a mala que às vezes é o passado, com a fúria de antes, a paixão reconhecida em atraso. Era até um alívio ter Hugo novamente, desse jeito, simples, sem entrega, e finalmente encarando o que acontecia dos dois lados. Os dois se alimentando de sorrisos, e silêncios calmos.

Heloísa apaixonara-se de novo, vivia um novo tempo, com alguém com quem tinha certeza que não ficaria para o resto da vida, mas com quem se sentia feliz – e bastava isso, dizia. Jurava a cada semestre que ia trocar de faculdade (parecida com o que Hugo fazia e ela detestava), mas se resignava toda vez. Hugo tinha a mesma namorada há um ano, o mesmo emprego, gostava da vida e do que fazia, alimentava bom futuro. Sonhava com Heloísa, ainda.

Mal feitas as contas, nove anos já tinham se passado, Heloísa dividia e escancarava seu sorriso no perfil de agora; tinha as fotos e as palavras de uma história de namorados que parecia boa, parecia leve. A história dela.

Hugo abre conversa, puxa o teclado, bem como há nove anos, abre o jogo inteiro também.

– Pára com isso.

– O quê?

– De ser tão apaixonada.

– Quê?

– Pare.

– O que foi?

– Eu não gosto.

– Não gosta?

– Eu tenho ciúme.

– Do quê?

– De você.

– De mim?

– Sim. É sincero.

– Ciúme sincero?

– Sim. É sincero.

– Tá, mas

– Cala a boca. Eu tô com muito ciúme de você.

– E por que você tá com ciúme de mim?

– Não sei.

– Não sabe?

– Vai ver porque nunca namoramos. É um ciúme egoísta.

– Explique, então, Hugo.

– Minha capacidade de escrever não consegue dizer o que eu quero dizer. Eu não sei.

– Mas termine. Termine o que você começou a dizer.

– Não tenho o que terminar, Heloísa. É só isso.

– Só isso? Você tem mania de começar a falar e deixar as coisas pela metade.

– Você também tem mania de deixar tudo pela metade.

– Eu? Tipo o quê? Quem larga as faculdades pelo caminho aqui é você.

– A gente foi a primeira coisa.

– Eu não fiz isso sozinha.

– Tá bom. O motivo é besta, é egoísta. Mas você não pode me julgar.

– Fale. Eu não vou julgar.

– Eu acho que ainda sinto tudo. Acho que ainda gosto de você. Eu gosto de você. Você não pode me julgar por eu falar isso nem por eu gostar de você. Eu gosto de você, acho que era isso que eu queria falar. Pronto, falei.

– E por que você nunca disse isso?

– Não sei. Você precisava saber?

– !?!?!????

– Precisava?

– Espero que tenha sido uma pergunta retórica. Isso é de hoje?

– Ciúme eu sinto só às vezes. Gostar é sempre, eu ainda gosto muito. Desde o show, desde a praia, desde tudo. Eu sempre gostei.

Heloísa chora. Hugo vai:

— Algumas verdades não são ditas. Ou não foram ditas. Eu gosto de você, tenho ciúmes. Não sei identificar o porquê. Se você já gostava de mim, já gostava de mim "desde sempre", por que começou a namorar outra pessoa?

— Não sei dizer. Não sei explicar. Não consigo, eu acho.

— Fale. Fale de qualquer jeito.

— Na época eu devo ter tido algum motivo, alguma explicação. Eu tava confuso, eu gostava de você, eu gostava dela também, eu me apaixonava todos os dias. Não sei, Heloísa. Sei que de você eu gosto até hoje.

— Nossa, que ótima essa conversa.

— E sei que isso pode ter sido ruim pra você.

— Da gente não ter ficado junto?

— Sim. Pra mim foi. Lembro de sonhar com você.

— Fiquei sozinha gostando de você. Você sabe disso.

— Helô.

— Achando que eu tinha terminado com tudo, que era tudo culpa minha. Eu era muito nova, não sabia o que fazer com a gente, e você era todo diferente de mim. Eu não soube fazer nada certo. Deixei você confuso no fim das contas.

— Sim.

— E ficou pior depois que você estava com outra pessoa. Vendo as fotos, vendo tudo.

— Sim, e você sempre passou isso na cara.

— O quê?

— De eu estar com outra pessoa. Dava indiretas. Doía que só.

— Ah, mas era brincadeira, não quis fazer doer em nada.

– Certo.

– É verdade, Hugo.

Eu sei, eu sei. Acho que você estava de boa, mas falava, brincava, e doía demais o que você dizia.

– Era pra parecer que tinha menos importância. E pra doer menos em mim.

– Eu sempre senti algo, em todas as vezes que te vi. E sempre que te vejo é assim, é igual.

– Por que a gente não teve essa conversa nove anos atrás?

– O ciúme. É por eu sempre ter gostado de você.

– Por que a gente não teve essa conversa nove anos atrás?

Hugo respira forte e perde o sono. Sua namorada telefona. O celular toca até dar na caixa postal.

– Eu tô triste com tudo isso, Hugo. Puta merda, por quê?!

– Eu também. Existe uma lacuna de vários "se".

– Com um monte de certezas juntas dos "se".

– O ciúme é perceptível, superficial. Tem outra coisa além.

– E o que é?

– Talvez eu esteja tentando te convencer que seja algo maior que o ciúme.

– Eu quero entender o que você quer dizer.

– Você mexe comigo... Até hoje, e de alguma forma. Mas eu não sei dizer como, o quê, como é.

– Você precisa identificar o que é.

– Por quê?

– Pra você compreender melhor tudo isso. Saber do que se trata.

– Pra quê?

– Eu preciso saber.

– Não, não precisa.

– E pra quando você precisar lidar, quando precisar resolver.

– Eu não. Eu não quero resolver. Heloísa, você resume tudo a um "tratar", você resume tudo a isso toda vez.

– Quem resumiu algum "tudo" aqui foi você.

– Eu gosto quando você faz parte. Quando você não faz, não faz sentido identificar ou tratar.

– É minha motivação egoísta. Eu quero saber. Quero saber o que você sente.

– Não, Helô, não tem o que saber. Já falei tudo.

ACASOS

Ele era bem sério, com o rosto fechado e os traços duros, simples. Tinha uns olhos bem miúdos, mas profundos, escuros. Eu olhava-o com olhos rasos, bem meus. Ele tinha umas bochechas ossudas, cobertas por barba mal feita, e grande, que escondia sorrisos que ele às vezes dava para si, em segredo. E eu olhando-o secretamente. Enquanto ele sorria escondido para ele.

Como o acaso dos amigos antigos, nem sempre cúmplices, que revelam outros amigos antigos, esses mais cúmplices deles, até então também secretos. Foi assim então que o conheci.

Na falta de propósito de quem bebe cervejas em pé no posto de gasolina, como se fosse hábito, já sendo hábito, e na minha falta de propósito de comprar cigarros aquele dia (não fumava desde a adolescência sem futuro), nos conhecemos.

Depois de guardar o cigarro, escrevi pelo celular com fingida saudade que chegava já, que parara no banco, que o amava muito.

Ele, à minha frente, entreviu o livro que eu levava na bolsa, olhou decote, olhos, e boca, e começou a falar comigo. Mas falava sozinho. Perguntou se eu escrevia sobre o que lia, res-pondi que escrevia, não sobre o que eu lia, mas falei que escrevia sempre às vezes. Apesar das recomendações, eu escrevia mais do que lia. Eu lia pouco, andava meses com o mesmo livro em mãos, sem lê-lo, e escrevia demais porque falava pouco. Como nesse dia, eu punha mentalmente minha voz no papel, ouvindo-o falar para mim. Depois pus no lugar a voz dele, escrevi com ela textos inteiros, uma história absurda, enquanto ele me discursava com a voz grave, com pausas, me contando tantas histórias que eu já achava que podiam ser todas mentiras. O meu amigo, talvez agora cúmplice, participava delas.

E ele punha seus olhos profundos sobre meus olhos rasos. E sobre decote, olhos e boca, tudo novamente. Contou histórias não suas, que também escrevi para mim, por dentro da cabeça, enquanto contabilizava seus sorrisos discretos. Causos com cervejas e amigos, carros e postos de gasolina, almoços em família, e livros absurdos. Falando que jamais escrevia, mas que lia tudo que lhe caía nas mãos. Imaginei-o na frente do facebook abrindo todos os links, somente. E deu-se a falar sobre teorias literárias, romances também, e eu fisgava seus olhos, contabilizava os sorrisos, escrevia-o para mim, sem que ninguém visse.

Não terminamos os cigarros ou as cervejas, nem os olhares profundos e rasos. Não terminei de escrevê-lo em mim, e ele só deve ter me despido pela metade. Deixei os dois como estavam, em pé com mais cervejas, esqueci os cigarros com eles. No caminho de volta, vi a mensagem "estou indo dormir, você tem as chaves". E entrei no ônibus errado.

QUARTA À TARDE

Estávamos sentados no banco da cantina da biblioteca. Toda boa biblioteca tem uma cantina ruim dentro dela, com nada de muito bom pra se comer, um café mal feito e às vezes meio caro. Nessa cantina, quase tudo custa um real e vinte e cinco centavos, dois reais e setenta e cinco, um e setenta, dois e noventa. As pessoas preferem a dificuldade de passar troco.

E, ali, ela comia as uvas verdes de dentro da *tupperware* que tinha levado. As pernas estendidas penduradas sobre o banco de mármore: sentava bem atrás, e as pernas curtas ficavam livres indo pra frente e pra trás, num movimento que parecia acalmá-la. Balançava as pernas e comia uvas, tinha uma garrafa d'água pela metade e o olhar fixo no nada. Detrás dos óculos que não precisavam ser tão grandes, os olhos dela tinham ainda mais vazio que da semana passada, quando estávamos aqui na cantina de novo e ela tomava o café ruim vendido a setenta e cinco centavos.

Perguntei se ela não queria café, também. Não. Nem bolo. Nem que eu enchesse a garrafa dela enquanto fosse encher a minha. Perguntei o que ela estudava hoje. Francês. Francês? Sim, francês. E a prova de educação brasileira amanhã. Não sei. Não vai fazer? Não sei. Hum.

Perguntei se a faculdade ia bem e ela disse que não, que claro que não.

Por que claro que não?

Porque nenhuma faculdade vai bem se você não faz medicina ou direito ou engenharia.

Não é bem assim, eu tentei entabular.

É exatamente assim, ela disse. E fez que tanto fazia. Que não tinha nada com isso.

Não existe nada pela frente, ela disse. Não tem nada pra gente, não tem nada de bom. Ninguém se importa com quem faça nenhum dos nossos cursos, ela disse. Por isso que a gente tem que passar dez anos na faculdade fazendo todas as graduações e pós-graduações da universidade, pra depois desses dez anos tentar passar num concurso que vai te dar um salário que as outras três profissões conseguem nos primeiros meses. E aí a gente consegue isso e se acha o máximo por ter alcançado esse "patamar". O "auge" da carreira. E fim.

O asco na palavra.

Às vezes, eu disse, não é bem ass...

É assim, sim. Não tem nada pra gente, ela disse de novo.

Você não precisa projetar seu pessimismo na vida dos outros, eu falei.

E nessa hora ela guardava a caixa vazia de uvas e bebia a água da garrafa plástica. Você não gosta do que escolheu pra você, esse é o problema.

Eu não escolhi nada pra mim, ela disse.

E foi obrigada?

Não fui obrigada a nada. Eu não queria nem quero nada, não vejo nada importante a se fazer por aqui, ou a continuar fazendo ainda.

Mas você continua fazendo mesmo assim, eu disse.

Sim, continuo fazendo. Por enquanto, ela disse.

Você continua vindo aqui todos os dias. Pra estudar francês?

E outras coisas.

Outras línguas?

Outras línguas. E outras coisas.

Você quer ir embora?

Quê?

Se você quer ir embora, e por isso fica estudando idiomas sozinha.

Não dá pra ir embora. Não agora. E eu não sei como você consegue tomar esse café, sinceramente.

Nem eu. Mas não tem muita opção aqui. E por que você vem aqui todo dia?

Eu não venho aqui todo dia.

Quase todo dia. Se não "tem nada pra gente", se a faculdade não tá bem, se você não quer sair daqui pra ir embora. Se você acha que vai tudo errado com você e com os outros também. O que é que você vem fazer aqui, então?

Também não sei. Mas pelo menos hoje eu encontrei você.

Eu venho aqui todo dia. Eu disse a ninguém, depois que ela se levantou e saiu.

SEM DESPEDIDA

Ele era exatamente o que eu queria. E menos do que eu precisava. Ele conseguia sustentar meus silêncios quando a gente andava de carro, enquanto ele dirigia e eu queria ouvir a música. A música que a gente gostava. Ele não era de se incomodar com silêncios. E nossos dias por isso tinham menos barulho, tinham menos gente por perto. Assim, nossas gargalhadas ressoavam por mais tempo pela casa – saíam de dentro do quarto e vagavam o corredor inteiro. Chegavam na sala e terminavam por lá.

A gente começava na sala e se ia pelo corredor inteiro – sem demora. Chegávamos no quarto e terminávamos por lá. Toda noite. Todo o domingo. E os finais de semana que tivéssemos – em silêncios suspensos e claros.

E mais que eu podia ler em voz alta perto dele. Queria que ele ouvisse as palavras do Marçal, agora mesmo. Esse trecho de Raduan, e as declarações do Gabo pelo livro inteiro. Ele aguentava parar o que estivesse fazendo para ouvir as palavras dos outros, e não se importava de eu chamá-los pela metade, pelos apelidos e sobrenomes. Ele aguentava que eu forçasse alguma intimidade.

Ele me intimidava.

Ele tinha a voz grave, um contraste ainda maior com nossos silêncios calmos. E ouvi-la era um deleite que eu desejava todas as manhãs. E todas as madrugadas de fim de semana.

A barba escura e espessa fazendo moldura, ornando o sorriso largo que ele abria a cada aparição minha, quase a cada minuto. Para me dar a voz grave fazendo perguntas sobre nós, sobre qualquer coisa.

Ele me dá dias que passam sem que eu perceba. Gosta de almoçar fora no meio da semana, e de nos trancar em casa aos sábados e domingos. E antes de falar, me olha bem, todas as vezes. Afasta meu cabelo da orelha para que eu o ouça melhor, para que não perca as palavras que lhe saem.

Aceita meu choro fácil e meu sorriso difícil. E meu humor em ondas inconstantes. Fala que a gente só é feliz porque não precisa de muito; só precisa da gente. E, como em quase tudo, a gente concorda; é só dele que preciso. E ele perdoa o choro fácil que logo desce. Me abraça enquanto me beija, e isso é tudo que eu preciso agora, e isso é tudo que eu quero sempre.

— Suas malas são cada vez maiores.

— Vai ser por mais tempo dessa vez.

— É o que você tem dito todas as vezes. Você vai se mudar pra São Paulo? Vai ficar de vez dessa vez?

— Eu não sei, linda.

– A mesma resposta de novo.

– Você vai me visitar dessa vez?

– Não, não vou. Nem nas próximas.

– E se eu tiver de me mudar.

– Não vou te visitar.

– Tudo bem. Você tem seus motivos, que ninguém sabe quais são.

– Eu vou te esperar aqui.

– Por quanto tempo?

Trinta minutos depois de ele ter entrado no táxi, me chegou a mensagem: "Eu vou me mudar pra São Paulo."

NOVEMBRO PRIMEIRO

Não consigo parar de ler você. Comecei hoje de manhã, na luz do dia cheio de nuvens. Não gosto de começar livros em plena luz do dia. Vão saber, vão ver, estão me vendo. Todos vão ver que estou em hipnose, que fiquei presa em devaneios, não saí, não saí da casa nem de você. Fiquei presa.

Não consigo parar de ler você.

Imagino-o escrevendo e contando as mesmas histórias outra vez. Essa história que acabei de ler fica melhor na sua voz que no papel. Consigo escutá-la enquanto leio, uma, duas, três vezes. Suspendo a respiração. E faço tudo de novo.

Não consigo parar de ler você. Imagino seus olhos apertados enquanto escreve. A concentração de quem se ouve. E as sobrancelhas grossas, escondendo mais o que você vê. Você que se esconde.

Esses textos são você, aposto que são. Essas mulheres foram suas. Mulheres que parcialmente foram suas, aqui, estão aqui no seu escrito. E eu fico arrancando suas linhas para cobrir meus pedaços. E trechos para me fazer nova. Respiro o livro como se você estivesse comigo. Em cama, em casa, no mar, de novo. Fecho os olhos e vejo você nadar outra vez, saindo da água sem sorrir, mas satisfeito.

Fecho os olhos e espio seus ombros, os braços, o cansaço. Invado com meu cansaço e dormimos. Um dia dormirei ao seu lado.

Não consigo parar de ler você. Ponho você sorrindo sério do meu lado, em transe, absorto, eu pensando no que você pensa, quem é a próxima mulher da próxima história. Ler você põe você vívido me olhando. Parece verdade.

Não consigo parar de ler você. Mantém você vivo pra mim, mantém você comigo. De verdade.

Amanhã te deixarei flores. Vou olhar pra você, absorta e séria, te imitando. Pedirei para regarem mais vezes, e que aparem a grama, sempre grande, sempre alta. Ninguém pode deixar que você se esconda, não de novo. Vou manter você vivo. Um dia dormirei ao seu lado.

Logo.

DESENGANO

Era quinta-feira e eu tinha ido até a biblioteca esperá-lo. Me aproximei e disse quase num sussurro que o esperava lá fora, assim que terminasse. Era nosso aniversário de namoro, por acaso, um que nunca comemoramos.

Ele não demorou muito e me encontrou logo depois da porta, no início da noite dessa quinta, com os olhos rasgando seu rosto, se esforçando para estarem abertos e dizendo algo com eles. Ele não queria dizer nada com os olhos nem com o corpo, já era assim há alguns dias, sem que houvesse um nosso porquê. Me abraçou e me beijou pouco, fez que não havia necessidade de comemorações, até porque isso podia ser mais coerente com ele do que o contrário. Ele rejeitava o próprio aniversário e no Natal fazia questão de vestir bermuda e chinelo, pra mostrar que não havia nada de especial em comemorar data nenhuma. Ele era assim.

Naquele dia, me deixou em casa e senti os vazios que começaram a existir entre nós dois desde aquele fim de tarde. Ou a partir de dias anteriores ou de um sempre, mas que eu só tinha notado naquela quinta vinte e nove de setembro.

Na semana seguinte, voltávamos no mesmo trajeto de sempre, eu no banco do passageiro e ele dirigindo de volta da universidade. Havia me esperado no jardim atrás da minha sala de aula, e quando me viu chegar, entrou no carro enquanto eu ia ao encontro dele. Sem que eu pudesse abraçá-lo.

Entrei no carro logo depois. Não nos beijamos. Falei que queria ir ao cinema no sábado, ou sexta, talvez, o filme que a gente queria ver já tinha entrado em cartaz. Ele respondeu praticamente em silêncio que poderia ser, no sábado. Falei da minha aula e ele respondeu a tudo praticamente em silêncio, ou com silêncios. Ele não me ouvia mais. E antes da metade do caminho começou a chorar.

Mantive o silêncio na resposta, como ele estava fazendo. Preenchi com minha mudez os vazios e os buracos que agora eram maiores que a gente, e me perguntava por que ele chorava.

Duas semanas antes ele tinha começado uma crise de pânico enquanto dirigia do meu lado, como agora. Voltamos pra casa e depois fizemos qualquer coisa de mais seguro pra ele: sem pessoas, música, vozes ou trânsito. E nos últimos dias eu tinha visto os cabelos caindo no travesseiro, a insônia absurda e a apatia maiores que ele. Não sabia o que poderia significar tudo isso, e só esperei com silêncios enquanto, nesses dias, tentava abraçá-lo como quem tenta abraçar o ar – talvez eu estivesse fazendo isso o tempo inteiro, desde quando o conheci.

Mais seis minutos no carro e pergunto o que tá acontecendo, e ele controla o choro enquanto chora mais, desse jeito escroto com que às vezes o choro consegue acontecer.

É porque eu sinto que estou te enganando, ele diz.

Nosso silêncio.

E ele me fala que não se sente pronto, que agora não é a hora pra ele, que ele não pode estar em um relacionamento hoje, não é o momento pra isso. E que se continua comigo desse jeito, é como se estivesse me enganando.

– Mas você não tá me enganando.

Ele chora.

E repete as mesmas ideias, com novas palavras, diferentes e ainda mais vazias.

– Você tá terminando comigo?

Ele chora mais.

Eu começo a chorar sem esforço nem freio, devastada por esse susto infeliz que ele me acaba de me dar.

Enquanto sentíamos uma felicidade tão nossa e eu vivia dias como eu queria viver, sem tanto arrebatamento, recebendo ligações infinitas, ouvindo suas histórias de ontem, enquanto eu vivia dias de alegria calma, bem desse jeito, bem do jeito que o amor deve ser, e não pensava muito em tudo isso, e não fazia planos, e me sentia plena e encarando a vida de um jeito simples, como parece que deve ser. Ele fazia tudo isso e mais, eu acreditava que merecia tudo isso e mais. Não tínhamos planos. Não havia expectativas. Eu não sabia se teríamos futuro; e não pensava em futuro. Não sei se ele.

Em uma semana, um revés individual pôs fim a tudo.

E agora eu chorava sem acreditar. E chorava me dando conta de que havia estado tão feliz, a ponto de nem pensar sobre tudo isso – sobre o que eu realmente sentia. Mal tinha dado tempo, e tudo acabava de repente.

Devo ter dito que ele não podia fazer aquilo comigo, que ele não estava certo, que não era bem assim isso de não estar pronto. Devo ter me perguntado o que era estar pronto, se isso existia realmente: se em algum momento a gente se olha no espelho e reconhece "agora estou pronto para namorar alguém". E sai em busca. Ou se se olha no espelho e conclui "agora não estou pronto para namorar", e evita, ou termina o relacionamento dentro do carro na quinta-feira à noite. Ele acabava comigo – em todos os sentidos, em pouco tempo eu saberia.

Eu devo ter perguntado e me perguntado tudo isso. Choramos mais. Mas não lembro nada do que disse nem do que aconteceu. Ele chorava, parecia apreensivo, não sei se parecia triste – e eu me perguntava o quão desesperadamente triste eu me mostrava ali, sem ter intenção disso. Eu não consigo lembrar se os olhos dele rasgavam ainda mais o rosto, ou se estavam um pouco arregalados agora. Nem imagino se ele sentia dores – meu corpo já sentia.

Eu falei um pouco mais, ele falou, eu ouvi. Eu não acreditava e chorava. Não terminamos a conversa: me levantei e fui embora do carro, e enquanto fechava a porta vi que ele punha a mão direita em cima do banco, num cálculo pra lá de atrasado pra tentar me segurar. Ele não tentava, não tentou, de verdade, fazer com que eu ficasse. Ele não devia também estar pronto pra me segurar no banco do carro.

Subi os cinco andares pelas escadas, e me reconhecia sofrendo de novo, sofrendo por tanto, sofrendo por uns dois meses de felicidade que me escapava das mãos, assim. E já conseguia imaginar o que poderiam pensar se me vissem com esse tanto de dor por um namoro tão rápido. Não entendo por que: mas as pessoas têm definido o quanto a gente deve sofrer, por quanto tempo, e de que forma. E se entramos numa contramão, ninguém aceita que sim, que temos o direito. Subi os andares sem velocidade nenhuma, na minha contramão de agora, desacreditando que tudo aquilo tinha acabado de acontecer. Caralho.

Corri para o último quarto do apartamento vazio, sem sufocar o pranto e chorei gritando. Gritei para chorar mais, gritei por gritar. Não queria que ninguém me visse, e fiz total questão que ouvissem, fiz isso sem cálculo. Ninguém podia assistir ao espetáculo, mas podiam ouvir a música dele, podiam pensar numa loucura maior que eles, do tamanho desse escândalo.

Meu choro silenciou os gritos, depois, e eu já sabia que isso significa sempre o início de uma dor crônica. Depois que o susto passasse, a dor ficasse, o sofrimento operaria numa escala crescente, em desacordo com todos os amigos impacientes que respondem ao nosso desespero com um monótono "vai passar". O choro baixa o volume e a gente passa a se desesperar aos poucos, porque a dor também aumenta aos poucos, e sinaliza, dia a dia, em doses nada homeopáticas, que ela não foi embora, e que talvez nunca vá. Seria assim. Eu sabia que seria exatamente assim.

Da varanda do quarto, olhei para o asfalto, para onde ele tinha acabado comigo, e me deixado ir embora, tudo depois de ter dito que não estava pronto, que estava me enganando, que só podia estar me enganando e que por isso tinha de me deixar ali, de vez.

O carro azul ainda estava lá.

O motor desligado e os faróis acesos, sem estar estacionado, ocupando a frente da garagem. Ninguém tinha entrado nem saído do prédio em todo aquele tempo em que eu tinha subido as escadas e chegado até ali; e esse tempo já parecia uma noite inteira, em horas. Olhei pro relógio e deviam ter se passado menos de dez minutos.

Continuei olhando pra baixo e vendo o carro azul estacionado, desligado, e eu parecia gravar na memória, sem querer, o filme do que tinha se passado nos últimos minutos, e os flashes das semanas de antes explicando tudo, mostrando tudo. Eu devia chorar mais alto agora. Ou não chorar nunca mais.

Já era noite alta, com um céu muito escuro sem lua nem chuva por vir. Não tinha estrela nenhuma, a rua fazia barulho demais: os carros freavam e buzinavam em instantes curtos. Nos outros apartamentos, as pessoas se levantavam do jantar depois de terem sido incomodados por alguém que gritava por nada, por alguém que não tinha respeito aos outros, ao silêncio necessário. Minha contramão.

Olhei para o céu como quem espera ver algo surgir de lá, enquanto erguia minha perna direita sobre a varanda, colocando a coxa por cima da mureta e deixando a perna pendurada para fora. Olhava para o céu ainda quando dei impulso com o pé esquerdo e sentei na sacada da varanda, uma perna para dentro e outra para fora do apartamento. Fui trazendo de volta a perna direita enquanto ajeitava o quadril sobre a varanda, agora eu com as duas pernas penduradas para dentro de casa. De costas para a rua e para o que houvesse dali pra baixo, para o que permanecesse ali embaixo e para o que não houvesse mais. Ainda olhando para o céu, pensei que poderia chover, desejei que chovesse um pouco nessa noite.

Não calculei quantos andares.

FALTAS

Era meio da tarde do sábado quando Clarissa ligou, perguntando se eu estava ocupado. Era uma pergunta retórica. Clarissa sempre soube que além de eu não me dedicar a muitas coisas durante a semana, no final de semana eu fazia questão de me desocupar ainda mais. Fazia algumas semanas que Clarissa me procurava pela internet ou pelo telefone.

A gente tinha namorado há uns três anos atrás, assim que eu tinha entrado na faculdade. Um amigo tinha uma amiga que era amiga da Clarissa, e três semanas depois de algum deles terem nos apresentado, já estávamos namorando.

Poucas semanas depois de termos começado a namorar, eu tinha me arrependido disso. Clarissa era diferente de todas as meninas com quem eu já tinha estado. Talvez eu que fosse um pouco monótono nas minhas escolhas, é verdade, mas Clarissa não me agradava no que eu buscava que as mulheres me agradassem.

Ela tinha uma ânsia de futuro que me incomodava. Se planejava demais pra tudo, se preparava em excesso pro que ia vir. Como se os dias que ela tivesse pela frente fossem ser sempre melhores do que os dias que ela já estava vivendo. E isso às vezes me dava uma raiva do caralho. Eu nunca fui de pensar muito em futuro, nem de fazer plano, nem de saber o que fazer com o que eu já fazia da vida: faculdade, estágio, aula de inglês. Mas Clarissa devia ter uma espécie de mapa do tempo desenhado na parede do quarto dela, com todos os passos do futuro (uma mapa que só ela via, ou que escondia quando eu chegava): o que iria fazer depois que se formasse, o mestrado, o doutorado, as viagens pro exterior que ia ter. Um intercâmbio que não saía da cabeça dela. Eu não tinha nenhuma paciência de ouvir, até que quando ela percebeu isso ela parou de me contar. E seguimos namorando por mais um tempo mesmo assim.

Além do futuro ansioso, Clarissa era diferente das minhas ex em coisas mais superficiais, que, apesar de serem superficiais, passam a fazer uma falta meio idiota ao longo do tempo. Não frequentávamos os mesmos lugares, não gostávamos da mesma música, ela lia muito pouco. Clarissa tinha um rosto inexpressivo, um jeito de menina, e um olhar que às vezes parecia pedir socorro. Eu não gostava muito dela quando eu prestava atenção nesses detalhes.

Não fazíamos parte do mesmo mundo, de forma alguma, mas mesmo assim eu tinha me apaixonado por ela e ela por mim. Ficamos juntos mais de cinco meses, quase seis. Depois que enchi o saco de não fazer tudo que eu gostava porque ela não gostava das mesmas coisas que eu, depois que enchi o saco de tudo que ela era e, mais ainda, do que ela não era, terminei o namoro, falando qualquer frase de efeito que acho mesmo que ela acreditou no dia.

Me desfiz dela simplesmente porque ela não era bem como que eu queria, porque não preenchia todos os (meus) clichês. Me desfiz dela porque o que faltava me chamava mais atenção do que eu tinha quando estava com ela. E não prestei nenhuma atenção a isso, ao que eu tinha. Exatamente como ela fazia com o próprio presente, enquanto só olhava para o futuro. Agi igual quando terminei com ela.

Até que tive outras mulheres depois do nosso namoro. Iguais às de antes, diferentes de Clarissa. Não fiquei muito tempo com nenhuma. Enquanto eu estava com Clarissa, ela era muito do que eu não queria, e, separado dela, ela era tudo o que eu sentia falta. Só que ela não ficou sozinha muito tempo.

Meses depois, ela já estava namorando outro amigo de uma amiga que era amiga dela da faculdade. Um panaca inteligente, pseudointelectual metido a besta (pimba). Lá no setor de aulas, eles são maioria. Fazia mestrado em literatura, e não sei sinceramente como podia gostar tanto dela, já que Clarissa não tinha paciência pra ler nem saber de literatura.

Quando ela veio falar comigo semanas atrás, comentou que o cara tinha ido morar no sul, pra fazer o doutorado, que já tinha ido há alguns meses, até. Eu não sei dizer o que ela sentia dizendo isso, porque falando com as pessoas pela internet a gente não consegue saber muita coisa; mas só me parecia que ela que queria ter ido no lugar dele. Era no que ela sempre falava, de querer morar fora daqui.

Não perguntei nada sobre isso, senão ela ia ficar falando dos planos para o futuro como sempre fazia, e eu não ia ter paciência de novo. Eu não sabia por que, mas estava sentindo falta dela, e já tinha um tempo. E ela ter vindo falar comigo era algo que eu não queria desperdiçar por causa da paciência que me faltava.

A gente passou a se falar quase que todo dia, sobre nada de muito importante. Enquanto conversávamos virtualmente, conseguia lembrar do olhar perdido e do rosto meio vazio, os olhos de quem estava mais sozinha do que gostaria. Ela era bem isso. E também como ainda parece ser: ela não fala mais de futuros, agora, não comigo, e também não fala nada de muito concreto do presente.

Fiquei me perguntando se não é o namoro dela dando errado. E na procura de alguém que lhe desse alguma atenção espontânea, ela vinha falar comigo, sem me dizer muita coisa sobre o que acontecia. Também não sabia se ela alimentava um banco de reservas para quando o namoro terminasse de vez. Podia ser qualquer uma das duas opções ou nenhuma.

Mas Clarissa parecia bem quando me ligou no sábado. Perguntou se a gente podia se encontrar pra dar uma volta.

Quando cheguei para buscá-la, ainda tive de esperar uns cinco minutos por ela do lado de fora. E eu tava ansioso: os últimos dias em contato tinham me feito sentir ainda mais falta dela, ao invés de reforçar os nossos estereótipos diferentes e toda a nossa distância no mundo.

Ela entrou no carro com um sorriso no rosto. Tava num vestido branco, com decote apertado e tinha prendido o cabelo num rabo de cavalo, que a deixava com ainda mais jeito de menina, mais do que ela tinha. Linda. Disse que queria andar de carro, e só.

– Pra onde você quer ir?

– Não sei. Tanto faz.

Fui dirigindo pra zona sul da cidade.

– Como você tá hoje?

– Tô bem, e você?

– Normal. Bonito seu vestido.

– Obrigada.

– É novo?

Era a pergunta mais idiota dentro da conversa mais idiota que eu já tinha tido com ela.

– É novo sim. Comprei essa semana.

Me contou do filme que tinha assistido antes de me ligar. De uma menina que escrevia poemas mas que não conseguia virar escritora porque a poesia dela era muito ruim.

– E o que acontece?

– Ela arranja um emprego qualquer numa sex shop.

– E?

– Manda um manuscrito pra uma revista erótica que tinha lá na loja.

– E no final ela vai escrever pornô pro resto da vida.

– O final vou deixar pra tu ver, Caio.

Eu não, que filme bosta deve ser esse. Foi o que pensei, mas fiquei calado e continuei dirigindo.

Acho que um bom parâmetro pra se saber quando você está realmente à vontade com alguém é quando os dois ficam juntos em silêncio e isso não é um problema. Dirigi por mais uns quinze minutos sem que eu nem Clarissa disséssemos nada, e eu sentia uma certa tranquilidade com isso. Em estar com ela, em silêncio, e em tudo, ali, ser apenas isso. Era como se sempre tivéssemos estado nessa condição; como se estivéssemos juntos há bastante tempo, e toda a nossa cumplicidade estivesse fazendo parte do nosso silêncio.

A gente tava chegando no litoral sul, já perto da praia. Eu parei no posto pra comprar cerveja. Tinha me dado uma vontade sincera de passar a noite inteira na companhia de Clarissa, bebendo em silêncio ao lado dela, ou conversando sobre qualquer coisa. Queria continuar sentindo aquela cumplicidade que pra mim era novidade, mas que parecia ter sempre estado ali. Até porque deve ser sempre assim que a cumplicidade se manifesta: como se sempre estivesse estado no mesmo lugar, entre dois.

Voltei pro carro e Clarissa tinha colocado um pen drive no som.

– Tem problema?

– Não. O que é?, perguntei, dando um gole na cerveja. Norah Jones?

– Isso.

E deu um sorriso satisfeito, como se minha frase tivesse acendido uma lembrança boa. Quando voltei a dirigir e lembrei que era o que tocava na nossa primeira vez. Achei que nunca ia me lembrar disso. Até porque acho frescura demais esse negócio de fazer sexo com música. Mas Clarissa curtia. Talvez ainda curta.

Perguntei se podia dirigir até a próxima praia e descermos um pouco lá. Era sábado, começo da noite, devia ter algum movimento nas casas de veraneio. Clarissa topou com certa apatia. Deu qualquer sorriso não sincero, que na verdade parecia dizer que tanto faz, que não importava muito o que a gente fizesse.

Dirigi pela orla até encontrar um lugar não muito deserto pra estacionar o carro. Tinha mais gente na praia do que imaginei, já que não eram férias. Em algumas casas havia gente nas varandas, bebendo e ouvindo aquelas músicas ruins que as pessoas em casas de praia gostam de ouvir muito alto, durante muitas horas. Tinha uns caras jogando bola na areia. A maré estava seca.

Estacionei logo depois dum poste aceso, antes da parte mais escura da orla; deixei o carro praticamente de frente pro mar. Clarissa abriu uma cerveja e não pareceu querer descer ainda. Também não perguntei se queria. Vi que ela olhava para o mar como quem não olha para lugar nenhum; a boca estava menos vermelha, agora que seu batom ficava no gargalo da cerveja. Tive a impressão de ver os olhos dela marejados.

Ela baixou o som, e antes que eu dissesse qualquer coisa, me disse que tinha sentido a minha falta todo esse tempo. Tive vontade de dizer que também senti, mas abri a boca e não saiu nenhum som.

— A gente nunca daria certo, eu sei, mas ainda assim eu sentia uma falta enorme de você - ela começou a dizer. Nunca entendi isso, mas era como se você tivesse exatamente tudo o que me faltasse, ou como se você conseguisse me dar tudo isso. Tudo o que me faltava e que eu não sabia bem o que era. E até hoje eu não consegui isso em lugar nenhum, em pessoa nenhuma.

Ficamos num silêncio pesado quando ela terminou de falar. E aquele silêncio cúmplice e tranquilo de antes não existia mais. Parecia que a linha entre a nossa cumplicidade e o nosso desconforto era muito tênue, talvez sempre tenha sido, mas dessa vez a sensação era de ter sido arrebentada de vez.

Quando parei de pensar tudo isso, ela estava chorando praticamente em silêncio, e me senti mal por nem ter notado quando ela começou a chorar. Tentei lembrar se isso tinha acontecido alguma vez enquanto a gente namorava. Era bem provável.

– Desculpa. Nem sei por que terminei falando tudo isso. Acho que tomei a primeira cerveja rápido demais. Vamos andar um pouco, a lua saiu.

– Vamos – foi tudo o que consegui dizer.

Nessa hora eu já sentia muita vergonha da minha falta de coragem. Clarissa tinha dito tudo aquilo sem a menor pretensão, eu acho, simplesmente porque quis dizer. Chorou porque teve vontade. E acho mesmo que ela não queria nada além daquilo, senão espontaneamente me dizer o que sentia. Por um momento pensei que ela jogaria na minha cara o fato de eu a ter deixado sem ter nenhum motivo real, daquele jeito ridículo que eu fiz, tão pouco tempo depois de a nossa história ter começado.

E agora eu me sentia cada segundo mais babaca pensando em tudo isso. Pensando em como não tinha respondido nada a tudo o que ela disse dentro do carro, e que foi só por causa do meu constrangimento que ela se desculpou e parou de falar.

A falta que ela me fazia ficou ainda maior. Só então consegui admitir o quanto sentia falta dela, de absolutamente tudo o que ela era, apesar de por alguns meses ela ter sido a imagem do que me faltava, do que eu não tinha. E antes que eu pudesse frear ou evitar esses pensamentos, eu tinha instintivamente pegado na sua mão, e agora andávamos de mãos dadas na praia. Quando o silêncio cúmplice voltou a existir.

A gente sentou um do lado do outro e ficou mais um tempo olhando o mar, e vendo a maré encher. Uma casa perto tinha uns caras falando alto e ouvindo Nirvana. Achei que ninguém mais ouvia Nirvana hoje em dia.

Demos vazão às cervejas e começamos a conversar sobre o que não fosse importante, matando o tempo, como se toda aquela nossa situação absurda fosse algo natural. Não fazia o menor sentido, ainda, estarmos ali juntos naquele dia. E ao mesmo tempo nada parecia mais acertado que aquilo.

Clarissa olhava para mim e sorria serena agora. A gente riu de mais algumas coisas, ainda. E depois abracei aquela mulher como se ela fosse minha, como se nossa história não tivesse terminado, como se ela não fosse de outro cara hoje. Senti no abraço como se ela ainda me pertencesse, colocando no lugar todos os pedaços meus que ainda faltavam. E era o mesmo perfume, o mesmo olhar de criança, o mesmo jeito de encostar a cabeça no meu ombro como se pedisse sempre por mais carinho. Tudo igual.

E antes que eu pudesse pensar em qualquer outra coisa, Clarissa me chamou pra ir embora, que a cerveja tinha acabado, que já era tarde de qualquer forma.

Tive de beijá-la quando chegamos na porta da casa dela. E sentir tudo de novo. A forma como ela beijava de um jeito apaixonado, e como sorria enquanto era beijada. E o jeito que segurava meus pulsos que seguravam o rosto dela – seguravam como quem não quer se despedir. Eu não queria me despedir nem deixá-la ir embora, e a beijei com ainda mais vontade enquanto me dava conta de tudo isso, numa espécie de saudade antecipada. Uma saudade apaixonada que eu provavelmente nunca tinha sentido antes.

Quando voltei a olhar pro seu rosto, ela tinha os olhos aguados de novo. A única coisa que consegui fazer foi segurar o rosto dela outra vez, olhando para os olhos dela, como se nisso eu já estivesse falando o suficiente. Pedi para vê-la amanhã. Uma lágrima nela escapou bem fácil.

– Não dá, Caio, não posso.

– Me diz quando dá, então. Quando é que você pode.

Ela me deu um silêncio pesado no lugar da resposta. E eu fiquei puto imaginando que depois de tudo o que tinha acabado de admitir para mim mesmo, toda a falta absurda que essa mulher me fazia, e a vontade de ficar com ela de novo, ela ia acabar com tudo e me deixar ali, feito otário. (Como fiz com ela.)

Insisti.

– Eu quero ver você amanhã. Quero te ver de novo.

– Eu não posso, Caio.

– Por que você não pode, Clarissa?!

– Eu tô grávida.

ALICE

INÍCIO

Quase pendurada na estante do quarto procurava um livro bom pra ler de novo. Uma crônica rápida ou um romance sobre problemas sérios. Era mais produtivo isso do que tentar ler horóscopos. Tinha livros de autoajuda, também - acontece nas melhores famílias e nas piores pessoas. Só procurava nos horóscopos algo bom que pudesse estar por vir, e na autoajuda uma *forçação* de barra para fazer algo bom vir para ela. O livro de crônicas era para forçar outra coisa boa que pudesse caber no dia.

Já tinham se passado meses e Alice continuava naquele esforço eterno de sorrisos não amarelados, de abraços apertados que fossem sinceros, e que disfarçassem o pedido de ser abraçada mais forte. Quase nunca se perguntava se ainda aguentaria um pouco mais disso; já sabia a resposta. Um sufoco todas as noites. A dor no coração, que era real. Digo em todos os sentidos, real, literal. Sufocando-a de verdade, a cada choro, a cada lágrima, que ela aprendeu a controlar em público. Já não era sem tempo.

Seis meses quase. E um segredo que ela começara a guardar. Além desse, outros como o dos livros de autoajuda que vinha lendo. Sua melhor amiga tinha dito: se não te atrapalha, se não piora, então lê. E além de lê-los, escrevia sem parar uma espécie de autoautoajuda. As palavras positivas, que não vinham de dentro, mas de fora e bem de longe, mas que, desconfiava, podiam dar a ela um pouco mais de esperança. Dias melhores viriam. Alice tinha certeza disso.

Procurou pelas sapatilhas, prendeu o cabelo. Quinze minutos para a aula de balé.

INACABADO

Chegou em tempo, como sempre. Alice nunca se atrasava. Chegava antes para a aula da faculdade, para o ensaio, para o encontro com as amigas, para a hora no cabeleireiro. Não adiava o despertador quando ele tocava de manhã, mesmo se a insônia a tivesse desesperado durante toda a madrugada.

Menos horas de sono a cada noite; menos disposição para ler tantos textos inúteis da faculdade (os quais ela lia todos, um por um, mais de uma vez cada, com direito a marca-texto de cores distintas para destacar o muitíssimo importante do apenas importante); para ensaiar, ouvir, e pensar. Menos disposição para organizar, doentiamente, obsessivo-compulsivamente, seus livros na estante e todos os seus objetos dentro do guarda-roupa, coisas que fazia semanalmente, crendo ser normal.

O dia seguinte era de terapia e ela já tinha medo de como iria ser. Saíra correndo da última sessão, dez minutos antes do fim: desgastou-lhe a alma em pouco mais de meia hora.

A semana passava com pensamentos melhores, sonhos (Alice sonhava bastante), e com conversas superficiais que até faziam bem. O encontro de hora marcada com a poltrona e o terapeuta é que não te faziam bem. Era quando percebia que a semana não fora tranquila, nem melhor, mas nebulosa como as outras, e ela somente escondeu isso de si. Na verdade, os piores sentimentos e as lágrimas mais pesadas tinham-na acometido naqueles dias, mas Alice não percebera: nada saíra de dentro dela mesma. E aí tudo foi vomitado de uma vez só, entre aquelas quatro paredes, sentada meio corcunda naquela cadeira, observando pelo canto do olho aquela pessoa que dizia compreendê-la em sua dor, por mais inocente e estúpida que ela considerasse essa ideia.

Que se danem os *insights*, ela não aguentava mais aquilo. Pedira para encerrar a sessão dez minutos antes dos já conhecidos cinquenta, na sexta passada. E hoje já era quinta; talvez amanhã isso acontecesse outra vez, talvez ela não fosse.

Sentou-se na cama. Com a coluna ereta e as pernas enlaçadas, a trança frouxa, escreveu três páginas dum caderno com frases de bons presságios. Rezou não sabe para quê. Pediu sonhos bons. Agradeceu por tudo o que tinha – sem esquecer nada, segundo ela. Camuflou seu pijama cor de rosa no *edredon* da mesma cor, deixou rolar uma lágrima e, diz ela, dormiu.

E MAIS

"Já não chorava, mas os seus olhos nunca mais voltarão a estar secos, que esse é o choro que não tem remédio, aquele lume contínuo que queima as lágrimas antes que elas possam surgir e rolar pelas faces". Foi o que lhe disse Saramago na última página de um de seus capítulos. E se era exatamente assim que ela estava hoje, agora, e também ontem, ao adormecer, e a cada sonho ruim que acompanhou sua insônia na madrugada. Parou de chorar. Mas não parou de doer.

Não foi à terapia. Telefonou e falou que na semana que vem apareceria, talvez, disse para si em pensamento. Ensaiou por mais de três horas, porque lhe disseram que ocupar o corpo ocuparia também a mente. É tudo mentira, óbvio. O passo, a ponta, a expressão correta, o ritmo; nada sai. Os olhos marejados e ao mesmo tempo secos e duros, as costas latejando do cansaço da dor (da dor dentro dela) nada permitiram. O banho morno, o filme triste (porque as comédias não te deixavam melhor; essa era outra mentira que te contaram), até que trouxeram o sono tranquilo. E enquanto adormecia, embaralhando pensamentos, lembrou das páginas anteriores do mesmo Saramago: "a questão estaria em divorciar-se de mim, e isso não é coisa que se possa".

Poderia. Seria o próximo passo.

DIVÓRCIO

Sentada no chão, chorou com a garganta. Usou toda a força e a verdade da dor que sentia, e expulsou as lágrimas com vontade. Jogou pra fora todo o possível, como se o choro surgisse somente da garganta aquela vez. Se perguntou novamente sobre o desencontro dos dois, a impossibilidade, a explicação fajuta, e por que. E se merecia. Se perguntou por que com ela, por que assim, e, principalmente, por que tão rápido. Por que durara tão pouco; ainda havia felicidade naquele caminho interrompido.

Chorou mais. Pelos olhos, pela garganta, pelo peito que parecia pesar-se sobre si, e pelas costas curvadas, cedidas ao peso da dor inteira, como se anuviasse o tudo, pois, fechada em si mesma, parecia que Alice podia se consolar. Cortou-se. Usando a mão esquerda, e nessas mesmas costas que curvadas pareciam diminuir alguma coisa, cortou-se. Quão mais fundo e quão mais firme a ferida, maior o alívio. A cada corte, um por que a menos. A cada vez que a lâmina riscava, uma lágrima a menos. A tesoura pousava suave pra depois seguir firme, linha abaixo, de cima pra baixo, linha reta que afundava inchando a pele, rasgando sem dor nenhuma. A cada mutilação, até que enfim, menos de nós, menos de si.

Continuou expulsando toda a dor quanto fosse possível, e o fazia produzindo cortes que pareciam seguir caminhos pelo corpo. Essa produção de dor para sentir menos dor, a metalinguagem paradoxo contradição, que fosse, o que fosse, mostrava-se verdadeiro remédio. A panaceia. O fim em si mesmo. Doer mais para doer menos. Arrancar de si os pedaços, mais da pele, e seu sangue, era arrancar de si a dor que não merecia, e que vivia agora, tão escondida dos outros.

Outros que nem importavam mais, que, se não entendiam o que era isso, não havia outros. A cada filete de sangue, cada linha reta que a tesoura cumpria, de cima para baixo, sem curvas, a cada sulco maior, o divórcio era consumado. De novo: era haver mais dor para menos dor. E assim seguia, repetia. Em algum momento, não haveria mais lágrima nem saudade. Em algum momento, não haveria mais dela mesma. Divorciar-se de si. Cumpriu.

EM FIM, NÓS

Ele estava sentado bem ao meu lado e reparou em meus cabelos novamente curtos. Meu pescoço magro aparente e meus olhos longe, como sempre.

Ele tinha os cabelos desgrenhados de novo, sem corte e cacheados, que ele nunca penteava. Tomava uma bola de sorvete e mal olhava pra nada, virando em alguns momentos para tentar olhar dentro dos meus olhos. Vazios.

Nós dois de frente pro Pacífico, olhando o extremo horizonte como se ele pudesse nos dizer alguma coisa de importante. Não havia praticamente ninguém na praia. O mar era impróprio para banho, e ventava um pouco frio nesse dia, que era uma plena quarta-feira, quando muitos provavelmente estariam trabalhando.

No calçadão também não tinha tantos como nós - desocupados. Algumas famílias de turistas andavam sorrindo e tirando fotos. E iam até o mar experimentá-lo só com os pés. Deveriam ter vindo do outro lado, como nós, de praias com barulhos de gentes e com banhos de mar.

Nós olhávamos em silêncio esse mar silencioso.

Hugo começou a falar sem parar sobre as histórias de suas tatuagens, que eu já sabia todas. O lobo, a âncora, a frase para a mãe. Sempre bregas tatuagens de frases, mas para uma mãe morta há tanto tempo e tão viva para ele, era de se aceitar. E ele ali com essas tatuagens coloridas nas canelas, a camisa azul, a bermuda xadrez.

E ele era tão simples. Previsível. Tinha seus sonhos de mais e grana de menos para os sonhos. Tinha pouca ganância também. E me passava a certeza de que seria sempre um homem apaixonado: por suas mulheres, suas filhas (ele daria um bom pai de meninas), por seus sonhos atropelados de ir pro mundo ser tudo o que ele queria ser. Tocar, desenhar e tatuar-se outras vezes.

Mariana ficava linda com os cabelos curtos. Estavam mais claros, não sei por quê. Ela dizia que devia ser de tanto andar a pé. Eu gostava mais deles bem pretos, como ela pintou da última vez, e também com essa franja de um dos lados. E de quando ela prendia o pouco cabelo num rabo de cavalo meio impossível. Linda. Era como se eu pudesse vê-la mais de perto, assim, com menos cabelo, mostrando o pescoço e os ombros e os sinais na pele, os vários brincos nas orelhas, era como se ela se mostrasse um pouco pro mundo.

Era difícil vê-la, no sentido não literal da palavra. Ela falava pouco e não me olhava muito, tinha seus silêncios graves, mas eu tinha me acostumado à sua estranhice sem entender muito como tinha conseguido, nem o porquê de ela ser assim. A gente era feliz sem entrar no mundo um do outro, ou pelo menos sem entrar no mundo dela.

Eu a deixei ficar sendo ela mesma, ou outra, ou como quisesse, por todo esse tempo. Nunca exigi seus sorrisos explícitos porque sua companhia espontânea já era isso. E assim ela ficou. Conquistar cada sorriso dela valia a pena. Ela me sorria nas manhãs. E assim fomos ficando.

Eu pensava em tudo que não iria acontecer quando a gente voltasse para perto do Atlântico, amanhã. Um tudo igual. Hugo ia começar a trabalhar naquela agência cheia de caras iguais a ele. E finalmente ia começar a ganhar dinheiro fazendo as coisas que ele curtia. Ou fazendo algo parecido com as coisas que ele curtia. Eu ia fingir que ia terminar o curso a partir desse semestre. Para trancar metade das disciplinas em breve, adiando o fim. Lá, de frente pro Atlântico, onde vivíamos, eu vivia de adiar fins.

Eu ia terminar com Hugo quando voltássemos de viagem.

Ele terminou o sorvete e me chamou para ir pôr os pés no Pacífico.

Fiquei olhando ele ir sozinho.

Acordei perto das seis da manhã para arrumar nossas malas e revistar o quarto antes de ir. Hugo tinha tido insônia na madrugada e eu preferi fazer tudo sozinha sem acordá-lo.

Olhava para ele finalmente dormindo e me perguntava se ele podia estar sonhando. E me lembrei de quando nos beijamos pela primeira vez: logo depois do sol nascido de um domingo, de frente pro Atlântico. Ele tinha me dito que os meus sorrisos valiam a pena, cada um deles. Perguntei se porque eles eram poucos. Não, porque são pra mim, ele respondeu.

Enquanto tomava banho, pensava que essa seria nossa última viagem juntos. Nosso último dia como namorados.

– Hugo, acorda. Já tomei banho e arrumei tudo. Toma banho pra gente ir.

– Eu não vou, Mariana.

– Não, Hugo, acorde. A gente vai direto pro aeroporto. Hoje já é quinta.

– Eu sei. Eu já tô bem acordado.

– Vamos. Tome banho.

– Eu não vou.

– Então vá sem tomar banho. Levante.

– Eu não vou, Mariana. Eu vou ficar.

– Como assim?

– Eu vou ficar no Chile. Eu não vou voltar com você.

– Hugo?

– Boa viagem, Mari. E vê se não tranca de novo a faculdade. Eu vou ficar aqui.

EXATAMENTE

Exatamente. Era como nos encaixávamos. Exatamente era como formávamos um casal, desses com cara de história pronta, de história bem feita, de futuro previsível e bom. Veja, a previsibilidade e a história pronta de nós dois não era nada ruim, isso não sempre é ruim. Às vezes é, às vezes é triste, às vezes é de doer, de tanta mesmice, de tanta solidão que a gente experimenta quando o futuro a gente já sabe. Eu e ele, o futuro a gente já sabe. Todo mundo já sabe.

Tínhamos os gostos parecidos, é verdade. Mas com fagulhas de diferenças e desafios de um ao outro, de ver quem era que estava certo em gostar do que o outro odiava. Ele odiava minha mania de filmes de Woody Allen, por exemplo, dizendo que eu era clichê. E eu acusava que ele era mais clichê ainda por desprezar as meninas semi-românticas que gostavam de filmes do Woody Allen.

Eu era menina semi-romântica, meio romântica, ou "meia" romântica mesmo, como se metade de minha fosse, e a outra metade nunca desse o braço a torcer. Comecei a namorá-lo dizendo que eu já tinha gostado tanto e sofrido tanto, que tinha ficado vazia de tudo, e não sabia se ia amar de novo, outra vez, e não sabia se iria gostar tanto assim dele algum dia.

Eu tinha certeza que não, aliás.

Foi a primeira vez que discordamos. Foi a primeira discussão que ele venceu. Metade de mim amava-o nos primeiros meses. E a outra metade passou inteira a amá-lo ao longo dos anos. Eu não tinha posto resistências, até, e ele também não. Ele me era um todo perfeito, um todo que cabia no meu vazio, preenchia os buracos do coração machucado e do passado inteiro. Meus clichês.

E apesar de achar forçado meu interesse por filmes do mesmo diretor, assistia a todos comigo, mais de uma vez, até, quando eu queria (pedia). Também atropelava as falas e dizia antes as falas que já sabia, só pra me irritar – o que não acontecia, porque ele já estava cabendo demais em mim.

Bebíamos a mesma cerveja, evitávamos a mesma outra cerveja, pedíamos pratos iguais nos restaurantes. Tantas vezes. E nas festas bebíamos mais do que comíamos – a gente esquecia de comer. Rachávamos o táxi, outras vezes amanhecemos na rua até que voltassem a passar os ônibus. Algumas vezes cantamos músicas preferidas e apagamos cigarros vendo o dia nascer – preferíamos o nascer ao pôr do sol.

Líamos uma literatura contemporânea parecida, e, sim, ele me deixava ler em voz alta, me ouvia. E sorria. Ria. Ou perguntava quando era que eu ia fazer aquilo com ele (quando a história do livro falava de casamento, de filhos). Ele me conquistava com a filosofia pouco tradicional que lia; me botava pra lê-la também. E falava para eu parar de ler Bukowski, que muito antes houve quem dissesse as mesmas coisas que ele, de um jeito melhor. E ele lia esses velhos pra mim.

Escolhemos os países de nosso agrado e fomos. Viajamos quatro, cinco vezes. Vimos quase dez países e milhares de pessoas nesses caminhos, de quem falamos e sobre quem imaginamos histórias. E nas paisagens mais bonitas, ele me perguntava quando era que eu ia fazer aquilo com ele, o casamento e os filhos. Ele me querendo grávida da gente.

Depois que terminei a faculdade, minha família e eu mudamos de cidade e de estado. Depois que ele terminou a faculdade, foi morar fora do país. Depois que sofri o acidente de carro, ele veio me visitar. Quando saí do hospital, já tinha voltado pro seu país novo. Fez uma tatuagem um mês depois. Quando conseguiu terminar o mestrado, fui vê-lo dessa vez. E depois trocamos livros de presente, que cruzavam o oceano para ir e voltar. Como se ser clichê fizesse mais sentido para falar comigo.

Ele casou com uma mulher que não fala a nossa língua. Suas filhas falam a língua dele, e a dela. Meu namorado me pergunta quando vai conhecer essa pessoa que manda livros pelo correio, e cartões postais.

Me pergunta quando vou fazer aquelas coisas com ele. Casamento, os filhos.

AGRADECIMENTOS

Esse foi o primeiro livro que realmente escrevi (para ser livro), mas o segundo a ser publicado. Parece que escrever livro é fácil, ou pode ser fácil; difícil mesmo é publicá-lo. Para esse segundo passo, é preciso gentes. A essa pessoas quero agradecer, porque, sei disso, o livro estaria numa pasta do computador até hoje e por mais amanhã e depois se não fossem elas:

Solino, que me lê desde 2003, revisa, comenta, acredita, e ainda fez a capa do meu primeiro livro – tornando-o livro de verdade.

Otávio, Pablo, Marina, Fábio, pela leitura cuidadosa e despretensiosa, ao mesmo tempo – tudo que um virginiano inseguro e muito chato precisa enquanto escreve.

Jovens Escribas, pela confiança e coragem (?) em me publicar, de novo. Sei que não sei demonstrar sentimentos, mas eu sou muito grata a vocês.

Devo agradecer a Daniel Galera, porque, exceto um dos contos, todos os outros foram escritos durante e depois da oficina de escrita criativa que fiz com ele, em 2013, aqui em Natal. E na amizade platônica que todo mundo nutre pelo seu escritor vivo preferido, eu sempre comento livros com ele, peço opiniões, e edito contos de um jeito que siga à risca o que ele ensinou quando falou sobre escrever.

Aureliano Medeiros, que leu, comentou, leu de novo, comentou outra vez, e se fez presente durante esse parto difícil, que foi esse segundo livro.

Parece pouco, parece exagero meu, mas, em alguns casos, lançar um livro é um pouco lançar-se no mundo, e eu nunca estive muito segura de que desejava isso. Mas com vocês decidi que sim. Muito obrigada.

Este livro foi composto em tipologia Rotis Semi Serif,
corpo 11/16 em papel pólen bold 90g/m² e impresso na Unigráfica
Natal/RN, em junho de 2016 para a editora Jovens Escribas.